목침

이 시집을 삼가 조趙 선仙 자字 학鶴 자字 할아버지께 바칩니다.

人 사실판시선 005

목침   조성순 시집

2013년 4월 15일 제1판 제1쇄 발행
2016년 9월 26일 제1판 제2쇄 발행

지은이   조성순
펴낸이   강봉구

편집   김윤철
디자인   bonggune
인쇄제본 (주)아이엠피

펴낸곳   작은숲출판사
등록번호 제406-2013-000081호
주소   10880 경기도 파주시 신촌로 21-30(신촌동)
전화   070-4067-8560
팩스   0505-499-8560
홈페이지 http://www.작은숲.net
이메일   littlef2010@daum.net

ⓒ 조성순

ISBN 978-89-97581-17-7 03810
값 8,000원

人人 사십편시선

005

조성순 시집

개똥벌레는 때가 되면 불을 놓고
뻐꾸기는 시절 따라 계곡을 울린다.
우물에 걸린 달
오가는 이 없어도 심연深淵을 비추는데
우리 집 감나무
어느 때
어깨 위 등불 달고 세상 밝힐까.

초등학교 여름방학 동시 쓰기 숙제에 남의 시를 베껴 낸 벌을 40
여 년째 받고 있다.

옛사람은 마흔 전에 책을 내는 것을 경계했는데, 그를 넘겨서 다행
이고, 살아서 시집을 내게 되니 과분한 행사이다.

우연히 조재도 형과 연락이 되어 시 80여 편을 보냈는데, 그가 마흔 세 편을 가렸고, 여기에 내가 세 편을 보태서 시집을 묶는다. 묶고자 하니 마흔 편도 많다.

강물에 띄워 보낼 글들을 세상에 내놓는다. 부끄러울 따름이다.

이승과 저승에 있는 벗들에게 두루 안부를 전한다.

2013년 새봄
남한산성 아래에서
조성순 삼가

차
례

● 자서   04

● 차례   06

제❶부

그리운 것들	10
짜장면	12
감꽃	13
인동	15
고등어	18
달	22
느티나무	24
관계	27
국수	30
낮달	33
또 낮달	35

이광웅 선생님   37

평양소주   39

산월 수제비   41

해직일기   43

제 **2** 부

목침   46

학교   50

오월 십팔일   51

억새   53

매천을 읽으며   55

산당화   57

이쾌대의 봉숭아   58

거미   59

산비   61

부재   62

상처   64

부음   66

흰쌀밥과 쇠고깃국   67

기장에서   68

옷걸이   70

제3부

흔적   74

수선화   75

늑대와 풍란   77

가야금산조   79

파문   82

산울림길 플라타너스 85

고갈비   86

배추전   88

옥수수   89

가을   91

조계사에서 뒤를 한 번 돌아보다 92

구절초   94

겨울 가야산   95

김치찌개   98

라디오   100

촛불   102

● 발문(김영춘 시인) 참 괜찮은 그리움의 시 104

제
1
부

그리운 것들

이른 봄날 노란 갯버들 기지개 켜는 소리, 천지사방 아득 화난 신들이 이 세상으로 물 세차게 쏟아 부을 때 기차게 하늘 오르다가 마당귀 미꾸라지 떨어지는 소리, 오지그릇 깊숙이 박아둔 노을빛 무장아찌, 깊은 겨울 밤 윷놀이 내기하여 몰래 꺼내 먹던 이웃집 무구덩이 무 그 깊고 그윽한 맛, 밤새 술 마시고 이른 새벽 귀갓 길 조간신문 사이에 부끄럽게 끼여 까치발 디디며 안방에 들어설 때 들리는 울 엄매 낮은음자리로 코 고는 소리, 시골집 토담 너머 밭은 객혈 숨 가쁘게 놓던 아부지 기침소리

짜장면

비가 오면
짜장 향기 그립습니다.

짜장면 먹는 아이들은
모두 부잣집 아이들인 줄 알았던 시절
짜장면은
내게 오르지 못할 성벽이었습니다.

비 오는 날
중국집 주방 너머
짜장 면발 두드리는 소리 들리고
짜장 볶는 냄새 천지에 자욱할 때면
코를 벌름거리면서
중국집 주변을 수십 번 맴돌았습니다.

―아부지, 짜장면 사줘요.
―보리타작 끝나고 사주마.

아버진 그 약속 지키지 못하고
홀쩍 떠나셨고

비 오는 날
짜장 향기 따라 아버지 오십니다.
가만가만 오서서 내 온 몸을 어루만지고
글썽이는 햇발처럼
울먹울먹 가십니다.

감꽃

감꽃 속에서 아버지는 삼십 년을 누워 계십니다.

내가 낳은 아이들 어느덧 아홉 살 일곱 살 터울 좋게 자라 감꽃을 목에 걸고 늙은 감나무 무릎에 앉아도 보고, 아득히 떨어지는 감꽃별을 얼굴에 맞아보기도 합니다.

— 쉬이, 조심해라. 할아버지 다치실라.
— 아빠, 거짓말쟁이. 할아버지가 감꽃 속에 누워계신대.

깔깔거리는 아이들 잇몸에서 노오란 감꽃이 피어오릅니다.

그러나 아이들이 저만치 사라지자 어느새 아버지는 감꽃 속에서 나와 무명실 그득 감꽃별을 꿰어 내 목에 걸어주십니다. 그리고 말없이 내 손을 꼬옥 잡아주십니

다. 쿨룩거리며 아버지 방으로 돌아가는 발걸음마다 선
홍빛 감꽃이 오늘따라 짜장 붉습니다.

　아버지 만나러 온 장산리의 밤
　십일월의 감꽃별들 내 가슴에 우수수 떨어집니다.
　삼십 년 전 그때처럼 떨어집니다.

인동忍冬

삼동三冬 지나
청명 곡우 지나
감꽃이 피면
아버진 감나무에서 걸어 나와

一아함, 잘 잤다.
기지개 한 번 켜고
눈 시리게 푸른 하늘 한 번 치어다보고

감꽃이 지면
여리디 여린 감잎 되어
감나무로 돌아가시네.

나는
그 고운 감잎을

황홀하게 서럽게 바라보는데

아버진
어린 감나무 잎 끝에 앉아
이슬방울 한 점
이 땅으로 보내시네.

감잎은
색동옷 입고
이 세상 왔다가 가도
아버지의 계절은 언제나 겨울

그리운 세상
그리운 이 만나고파
아버지

아름드리 감나무 속

깊은 그늘
나무뿌리 베고 계시네.
감꽃 피는 한 철 기다리며
주무시고 계시네.

고등어

고등어가 어머니를 업고 왔다.

흰 광목 차일이 하늘을 가리고
데리고 온 비릿한 갯내가 땅거미로 걸려 있는 곳
비좁은 나무궤짝 속에 몸 비비며 누워 있거나
큰 놈 작은 놈 생각 벗은 몸을 서로 동무하여 새끼줄
에 의지한 채

밥 짓고 난 잿불에 몸을 굴리기도 하고
옹관에 누워 불길 따라 몸 들썩이며 숨 쉬다가
둥근상에 오르는

바다가 먼 내륙에선
제삿날이나
귀한 손이라도 온 날

수평선 같은 푸른 등줄기가 눈에 띄었다.

　－얼룩말처럼 줄무늬가 있는 놈은 노르웨이산이고,
　－엷고 짙은 색이 선연한 놈이 우리나라 연근해산이
라오.
비린내 앞치마가 귀엣말을 한다.

　대처 나가 속 썩이는 아들 때문에
　생긴 번민이 몸뚱이의 잿빛과 검은빛을 선택했을 것
이다.
　분단된 나라의 남과 북을 오르내리다가 허리춤에 금
이 그어졌을 것이다.

　큰 부잣집 주인이 고등어 껍질로 쌈 싸먹다 삼년 만
에 망했다는

전설 같은 어머니의 말씀을 업고 오는

이제는
아내가 이어받아
바다 건너 제주도에 낚싯대를 놓기도 하고
구룡포에 주낙을 던지기도 하며
귀갓길 늦은 나를 낚시질 한다.

— 여보, 제주도에서 손님 오셨다오.
— 여보, 구룡포에서 당신 엄니 오셨소.

머리 허연 파뿌리들 청와대 구경 왔다가
도마뱀 같은 열차 타고 단풍놀이 갔다가
문득 그리워
밀폐된 비닐 팩에 담겨

나를 만나러 오시는
어머니

달

구름에
달이 머물다 떠나자

아이가
아닌 부끄러움을 탄다.

빨랫줄에
젖 가리개
수줍게 오르고

함박꽃 향기
하늘과 땅을 울린다.

그리움
수수댓잎으로 타는

산골
저녁 어스름

느티나무

우리 학교 강익이
얼굴 미끈하고 눈빛 맑은 강익이
그가 하는 유일한 일은
야구방망이 사다 칼로 깎아 부러뜨리는 일
그가 노상 하는 질문은
고속버스 문에 끼이는 것과
전철 문에 끼이는 것 중
어느 게 더 아플까요.
아니면
죽은 뒤에도 새로운 세계가 있을까요.
생각이 있을까요.

우리 학교 선생님들
고속버스나 전철 문에 끼어보지 못했고
저쪽 세계에 갔다 온 적 없어서

궁색하게 머뭇거리다가
그려 그려 우리 강익이
다음에 얘기해 줄 게.
머리 쓰다듬어 준다.

어쩌다가 강익이
세상살이 싫다거나
죽고 싶다는 말
입에 달고 다닐 때면
강익이 어머니
파래진 얼굴로
산울림고갯길 숨 가쁘게 오르기도 하고

어쩌다가 강익이 화딱지 나
교정의 승용차 발길로 내질러버려도

우리 학교 선생님들
그려 그려 강익아
하필 차가 거기 서 있는 게 잘못이지.
네 잘못이 아냐.

그런 밤이면
강익이 남몰래 담벼락 타고 들어와
찌그러진 차를 가만히 쓰다듬어보고 가는 걸
교정의 늙은 느티나무 한 그루
마른기침하며 바라보곤 한다.

관계

서어나무 숲에서 고운 낙조를 바라봅니다.
서해의 진주라는 굴업도에서
당신을 생각하며, 아득한 당신과 나 사이를 생각하며
이제 막 여린 손을 내미는 서어나무 나뭇잎을 봅니다.
세상의 많은 것들은 피었다 지는데
당신과 나 사이는 피기도 전에 떨어진 나뭇잎 같아
눈부신 연둣빛 신록에 내 몸과 마음을 숨깁니다.
잡으려고 다가가면 도망가고
망설망설하면 그림자 길게 늘이고 기다리는
당신은
나는

서어나무는
모진 해풍을 맞아 몸부림치며 제 몸을 벼랑 끝에 붙
이고

다른 서어나무들과 손잡고 삽니다.
서어나무도 밤이 오면
외로워 별을 기다리겠지요.
추위에 떨며 눈물을 삼키겠지요.
허나, 서어나무는 설움을 끌어올려 봄을 만듭니다.
고추바람을 맞아 꽃을 피웁니다.

피지 못한 당신과 나 사이를
서어나무 숲에서 생각합니다.
사위어가는 가슴으로
이 세상 존재하는 것들을 짙붉게 사랑하는
해질 무렵 저녁놀을 바라봅니다 끝끝내
당신과 나 사이는 피지 못한 꽃 같아
피워야 할 꽃 같아
매운바람을 맞으며

서어나무 여린 나뭇잎 뒤에 내 마음과 몸을 감춥니다.

국수

국수를 먹을 때면 그 여자가 온다.
그 여자의 퀭한 눈빛과 그 눈이 꿈꿨을 누란의 하늘
이 다가온다.
어린 아이를 곁에 두고 차마 풀지 못한 망태기 속
박제가 된 씨앗의 영혼

푸른 밀밭이 바람 따라 파도로 넘실대던 곳
남편은 먼 길 떠나고
아낙과 아이는 그리움으로 기다렸을 것이다.
흉년이 들어 굶으면서도
차마 종자만은 먹지 못하고 기다렸을 것이다.
미라가 돼서도 품에 안은 씨앗 틔워
아이와 남편과 풍요의 바다에서 춤추고 싶었을 것이다.

종로 오가

비 오는 날
허름한 처진 어깨 드리우고 잔치국수 걸어 넣는 저 사람
집에는 누란 여자와 아이가 기다리고 있을 것이다.

먼 길 떠난
남편 기다리다 못해
골리앗 크레인에 올라간 저 여자
품속의 씨앗망태 차마 열어보지 못한
누란 여자이다.

늦은 밤
일 마치고 포장마차에서 국수 한 그릇 말아 먹을 때면
퀭한 눈빛으로
그 여자, 누란 여자가 온다.
어린새끼 손 붙잡고

애초부터 먹는 것은 종교였다.

거룩하였다.

낮달

메마른 한지 봉창 위로
낮달이 와서 기웃거린다.
대밭 스치는 바람소리 서걱대는 사랑방에는
지금도 두런두런 글 읽는 소리
금방이라도 들릴 법한데
모두들 떠나가고
서슬 퍼런 낮달만이
우물의 물살을 베고 간다.
때 묻은 담배쌈지와 미농지로 바른 갓집
입춘대길이라고 써 붙인 문설주 위에
겨울이 가고 봄이 와도
모이지 않는 가족과 풀리지 않는 가문의 역사는
무엇 때문일까.
설날이 와도 돌아오지 않는 작은할아버지
오래된 사진첩 속에서

쉼 없이 계절을 맞이하고,
좌익이다 우익이다
암울한 이 땅 위에 서리 내리던
어느 날 아침
문득 떠나가서 돌아오지 않는다고
아우의 사진을 바라보던
할아버지, 이젠 말씀이 없으시고,
근하신년 새해는 돌아왔는데
주인 없이
마당귀 꿋꿋하게 서 있는 벽오동 한 그루
서슬 퍼런 낮달만이 기웃거린다.

또 낮달

광화문 네거리
가슴 잘린 낮달이 떠 있다.
몇 년간의 서울생활
하향 열차 위에
따라와 글썽이는 너의 눈썹에는
청산하지 못한 타관 여자의 꿈과
흐드러진 시골집 맨드라미 꽃씨들이
묻어 있고,
그래도 못 다한 몇 마디 말
차창 가에 이슬로 묻어나온다.
더러는 서둘러 더러는 느리게
떠나가는 생애처럼
그래, 가는 거다.
허리 섶 짤랑이는 동전 몇 닢의 꿈과
새벽이면 가래 끓는 빈 가슴으로

가는 거다, 아주까리 동백기름 바른
그리운 누이 만나러
갈라터진 논바닥 위
껄껄 웃는 조각달 만나러

이광웅 선생님

한 시절 우리는
모두 이광웅의 신도였다.
도현이랑 영춘이랑 송언이랑
모두 봄 햇살 같은
은혜로움 입고 살았다.

격포에서
군산에서
동대문 뒤 쌍과붓집에서
뜨겁게 연대하며
한 세상 보냈다.

그러나 신은 무정하사
우리의 작당을 질투하여
우리 교주님을 당신 곁으로 데려가셨다.

기쁘거나 슬픈 날
나는 은하계 저 켠으로
신호를 보낸다.
다음 세상
시절 인연 함께하기를

평양소주

어느 탈북자의
손에 들려 국경을 넘었던가.
아오지 탄광 막장에 들었던 광부가
별빛을 보며 가슴 쓸던 손길이 닿았던가.
발 부르트며 먼 길 온
손님이
가슴 비운 채
거실에 앉아 있다.
북경 해당화
캄보디아 시엠 랩 평양랭면 집에서 만났던,
세련된 차림새는 아니어도
뜨거운 순정은 잃지 않은
그의 빈 가슴에 귀 대어 보면
개마고원
외딴 오두막 처마에 듣는 가랑비

원산만
허허바다 갔다 오는 뱃길 밝혀주는 별빛 소리
소곤소곤 들리기도 한다.

산월 수제비

생활에 해는 뜨지 않고 비만 내려 답답할 제면
산월네 수제비 뜨러 간다.
주인 아낙 재바른 손끝 따라
설설 끓는 물결 위에
누런 달이 뜬다.
창 밖에 비는 내리고 생활은 풀리지 않는데
손깍지베개하고 궁싯거리고 있는 것은
종점에서 오지 않는 버스를 기다리고 있는 것이다.
중심에서 벗어나 외곽지로 가고 있는 것이다.
이지러진 조각달이라도 한 입 베물고
국수꼬리라도 후루룩
삼키면서
절망아 물럿거라 희망아 길 열어라
배 두드리며 내일을 기약하자.
비는 올지라도 생활은 가물고

몸이 사시나무로 떨리는 날
생활에 습한 기운을 덜고
갠 날을 준비하는 데는
산월네 수제비 칼국수 한 그릇
눈물 콧물 섞어 먹다보면
어느새 하늘엔 빗방울도 성글어지고
내게는 반짝이는 무엇인가 다가오고 있는 것이다.

해직일기

언 강 건너온
어린 별들이 지붕 위에 와서 울었다.
삶은 지난至難한 항해
나도 그 별들 보고 울었다.

찬바람 불더라도
밥상은 거룩한 성전聖殿
풀잎 같은 어린것들
마른버짐이 피고
아내의 발뒤꿈치 해진 양말이 보이더라도
내일을 위해 오늘을 갈무리하자.
끝없는 긴 터널을 지나더라도
우린 우릴 포기해서는 안 된다.
내 한 걸음은 밝은 내일의 오늘
언 강 녹이는 한 점 온기

언젠가 어린 별들
거친 항해 끝에 찬란한 빛 될 때
나 추억하리.
찬바람에게
언 강물에게
고맙다 인사하리.

오늘 밤
언 강 건너온
어린 별들이 지붕 위에 와서 울었다.
나도 그 별들 보고 안녕하냐, 묻고 울었다.

제
2
부

목침 木枕

　　1908년 무신년戊申年 동짓달 초닷새, 감나무가 많은 첩
첩 두메에 한 사내아이가 나다.

　　1910년 나라가 웃음을 잃다.

　　1919년 아우내에서 일어난 만세 운동이 방방곡곡 들
불로 번지다.

　　1923년 세는 나이 열여섯, 순흥 배다리에서 오얏꽃 같
은 색시와 청사초롱을 밝히다.

　　1929년 인생에 주춧돌을 놓다. 큰아 태어나다.

　　1933년 딸년 나다. 이름은 짓기 뭣해 그냥 본관 횡성橫
城으로 호적에 올리다.

1945년 나라가 저들의 굴레에서 벗어나다. 사물이 옛 빛을 회복하다.

1950년 생각이 달라 남과 북이 상잔하다.

1951년 농림고보 나온 막내아우로 인하여 계수씨는 감옥에 가고, 조카 진국과 진원, 질녀 정자가 서울에서 장호원을 거쳐 찬샘골로 찾아오다. 진국이 열한 살, 진원이 여덟 살, 정자가 다섯 살이다. 무명실로 주소를 바느질한 윗도리를 걸치고 육백 리 길을 걸어오다.

1953년 막내아우가 행방불명되다.

1965년 시집간 딸년이 산후통으로 가다. 큰아가 슬피 울며 대숲에 가서 피를 토하다.

1967년 정미년丁未年 시월, 대들보 무너지다. 가슴앓이 하던 큰아가 세상을 뜨다.

1972년 남과 북이 갈라선 뒤 처음으로 통일에 대해 함께 성명하다. 행방불명된 아우가 북에 있다면 만날 수 있다는 희망을 갖다.

1983년 계해년癸亥年 여름, 아내가 시난고난 앓다가 유명을 달리하다. 초상 때 비가 많이 오다.

1992년 막둥이에게서 난 손자 둘과 손녀가 동해고속국도에서 변을 당하다. 살아가는 게 날로 죄가 되다.

2007년 정해년丁亥年 동짓달, 생일을 사흘 앞두고 고락苦樂을 함께해 온 물건과 작별하다. 염할 때, 고무 밴드로 묶은 비닐에 주민등록증과 사만 원 남기다.

학교

제일의 아이가 가방을 메고 등교한다.
제이의 아이가 가방을 메고 등교한다.
제삼의 아이가 가방을 메고 등교한다.
제사의 아이가 가방을 메고 등교한다.
제오의 아이가 가방을 메고 등교한다.
제육의 아이가 가방을 메고 등교한다.
제칠의 아이가 가방을 메고 등교한다.
제팔의 아이가 가방을 메고 등교한다.
제구의 아이가 가방을 메고 등교한다.

교문 밖 울타리에 줄장미가 대낮같이 환하게 웃고 있다.

한 아이도 그 웃음소리 듣지 못한다.

오월 십팔일

이 날
산목숨 죽여 만든 음식은 돌아보지 않으리.
하루살이 한 마리라도 건드리지 않으리.
바람에
나뭇잎이 사운대는 모습만 보리.
그 그림자도 밟지 않으리.
그리고 남은 시간은
해 넘어가고 별 뜨는 모습 보며
무릎 꿇고 기도만 하리.
쿼바디스 도미네
이 낯선 구절 한 번쯤 읊조리며
산 자의 욕됨
생각해 보리.
사람은 무엇으로 사는가.

이 날
한 끼 밥 먹지 않고
쏘는 분노의 마음
시윗줄에 당겼다 하늘에 놓아 보리.
다른 짓은 하지 않으리.
오로지 이른 새벽 풀잎의 눈물만 받아
흐르는 강물 위에 띄워 보내리.

억새

정신대로 끌려갔다던
큰고모는 끝내 돌아오지 못했다.
미얀마인가 태국 어디에선가
광복도 모르고
모국어도 잃고
무국적자로 살다간 할머니 사연이
신문에 난 적 있었다.
큰고모 얘기만 나오면
지붕에 서리가 내렸다.
할머닌 며칠씩 앓아눕고
할아버진 줄담배만 태우셨다.
와야 할 사람도 기다리던 사람도
한숨만 쉬다가 떠난 부재의 별
황금빛 노을이 느티나무 가지 이파리에
옮아붙은 어느 날

휘유우 휘유우 —
어디선가 한숨소리가 발걸음을 불러 동산에 올랐다.
바람에 쓸리면서도 쓰러지진 않는
눈물 같은 꽃들이, 수천 송이 수만 송이
손을 잡고 누군가를 기다리고 있었다.

매천梅泉을 읽으며

고등학교
국정 교과서
고전 문학사
끄트머리에 누워 있는
황현이라는 이름을 발견하고
그의 호가 매천이라고 말했을 때
아이들은 낄낄거리며 웃었다.
매천이 미친과 발음이 비슷하기 때문이었을까.
을사조약 후
그가 창강 김택영과 중국으로 망명길에 오르다가
여비가 없어 함께 가지 못했다고 말했을 때
아이들은 배꼽을 잡고 책상을 치며 웃었다.
여비가 있어서 중국으로 망명했다면
1910년 그는 죽지 않았을지도 모른다.
중국 천하에 문명을 드날렸을지도 모른다.

그러나 경술국치를 당한 슬픔에
목숨을 끊었다고 말했을 때
아이들은 아무도 웃지 않았다.
그의 절명시絶命詩를 읽어주는 내 목청은 떨리고
문득
아이들 사이에 꼿꼿이 앉아 있는 매천의 흰 두루막 자
락이 보였다.

산당화

때로는 운명을 부정하고픈 때도 있다.
남편 앞세우고
아이들 다 여의고
하릴없이 처마에 듣는 밤비둘기 소리 받으며
단무지 공장에서 타박타박 귀가하는 누이여.
어쩌자고 오늘은
동생 일하는
교문 담벼락에 숨어서
오가는 학생들 천연스레 보고 있는가.
늙은 조선 암소
눈물자국 같은 누이여.

이쾌대의 봉숭아

일찍이는 조선예술가동맹 맹원이었다가
전향했다가
한국 전쟁 때 미처 피하지 못해
조선 의용군으로
끝내는 거제도 포로수용소에서 떨었어라.
사랑하는 아내와 아이들을 두고
월북했던 고뇌를
그대 죽고, 그대 아내도 가고
마침내
한반도 남조선 땅 신세계 화랑 귀퉁이에
붉은 객혈 한 움큼 놓았구나.

거미

장맛비 잠시 그은
칠월 초순의 하오
방이동 생태공원 습지
반짝 햇볕이 장날이라
그물 난전 곱게 치고
손님 기다린다.

모기 한 마리
하루살이 두엇
돌풍에 푸른 심줄 드러낸
허리 잘린 왕버들 이파리 하나
가녀린 줄에 의지하고 있다.

가끔 오가는 탐방객의 무심한 눈길
느릿느릿 천하태평 구름 그림자

짝 찾는 은근한 뻐꾸기 울음소리
줄에 걸려 가만히 있다.

난전 편 주인은 보이지 않고
ㅡ 숨어서 계산서를 살펴보고 있을 거다.

장난기 있는 아기 바람
여린 손으로
슬쩍 줄을 튕겨 본다.

은은하다
태곳적 음률

산비

슬픔이
고양이처럼 다가온다.

잊었던 얼굴이
가슴 속의 강江에서 걸어 나와
손을 흔든다.

고향이 있어도
돌아갈 수 없는
탕아蕩兒처럼

하늘이
낯을 가리고
소리 없이 울었다.

부재 不在

그대 없는 빈집에서 외로움과 함께 살았다.

허물어진 바람벽 대 그림자가가 풍죽風竹을 치기도 하고

부음訃音 와서 머물던 서까래 끝에는 거미가 집을 짓기도 하는

그대 없는 이곳 생활이 비로소 쓸쓸한 성터임을 알겠다.

마침내 걸림 없이 사물을 보게 되었다.

죽은 줄 알았던 고목에서 여린 이파리가 손 내미는 모습을 보기도 하고

비 오는 날 둠벙에 나가 소금쟁이 무심히 그리는

무늬를 보기도 한다.

울타리 국화가 향기를 띠면 술 빚어 소소리바람 불 제
기다리겠다.

상처傷處

큰 누야가 떠 놓은
대야 위
보름달이 떴다.

달은
가만히 물 위에 얼굴을 비추고
울었다.

저 먼 나라에서
이곳까지 오시느라
달은 수고로웠다.

먼 길 떠나
오지 않는 자형

누얀
그 날
얼굴을 씻지 않았다.

부음

- 조선영

지난 가을
간송 미술관에서
추수秋水같은 눈길로
겸재謙齋의 먹선에 골똘하는 모습 보았는데
소녀같이 단발머리 팔랑이며
전임교수 되었다 대낮처럼 웃던 모습
보기도 좋았는데
올 단풍 유난히 고와
무서리 늦게 오십사 빌었더니
멀리 대관령에 때 이르게 눈 내렸단 소식 들었네.

흰쌀밥과 쇠고깃국

동무 신용길의 마지막 소원은
흰쌀밥에 쇠고깃국 한 그릇
먹어보는 거였다.

곁에 있는 누구라도
그 소원은 들어줄 수 있었지만
위암 말기의 그는
뜻을 이룰 수 없었다.

기장에서

- 권오훈에게

만국기 펄럭이는 가을 하늘 아래, 앞뒤 다투던 튼실한
다리의 푸른 심줄이 자랑스러웠던 적이 있었지. 봄 바다
멸치 뛰는 소리 즐기며 웃던 시절 우리는 망망대해 까치
놀을 두려워하지 않던 증기 기관선이었다.

오가는 청춘들은 참꽃을 배경으로 꽃보다 환하게 웃
고 있는데, 너는 어느 꽃 진 자리 밟으며 돌아올 수 없는
강을 건너고 있는가.

간 날마다 호탕한 웃음소리, 거칠 것 없는 네 질풍노
도를 그리워하며 친숙한 얼굴들이 하나둘 찾아오는데,
너는 모습도 없이 자취 담긴 항아리만 끌어안고 침묵하
고 있느냐.

가만히 허리 굽혀 짐 내려놓고 쉬고 있는 네 항아리를
손으로 쓸어보고 귀 대어 본다. 용수철 모양 금방이라도
튀어나와 거친 파도처럼 흰 웃음을 띠고 달려올 것만 같
은데, 허깨비 같은 세상 속에서 우리가 잠시 만난 것이

냐. 세상살이 가운데 우리가 허깨비인 게냐.

　달빛이 가쁜 숨을 쉬며 찾아오고, 솔숲에 들이치는 바
람 파도소리 벗하며 한 시절 지낼 만도 하다만, 나는 어
느 하늘 아래에서 밤바다보다 깊은 눈빛 마주하며 복사
꽃 핀 시절을 말할 수 있으랴.

옷걸이

이월의 햇살이
고드름에 걸린 것처럼
나도 어디엔가 걸리고 싶다.
걸려서 햇살인지, 고드름인지, 녹아내리는
물인지 분간 안 되는 존재이고 싶다.

사월의 아기 바람이
저보다 더 여린 신록의 나뭇잎에 걸린 것처럼
나도 누구에겐가 걸리고 싶다.
바람이 나뭇잎을 부둥켜안고 있는지
나뭇잎이 바람을 붙잡고 놓지 않고 있는지
구분이 되지 않는 불가해한 존재가 되고 싶다.

남루하고 때 묻은
삐쭉빼쭉 모난 돌들 돌아앉은

무너진 성터에
어느 햇살인들 잠시 머물다 가겠느냐?

고단한 너덜길 가기 힘들 때
땀에 젖은 마음옷 벗어
해바라기 하게
나, 누구의 가난한 옷걸이 되고 싶다.

가을 잠자리
가다
잠시 쉬고 있는 바지랑대 끝

제

3

부

흔적

녹다 그친
봄눈이려니 했다.

오대산 월정사
어둠을 밝히고 떠난 무명無名의 부도 위
적멸寂滅의 안거安居에 드신
흰나비 한 마리

수선화

서늘한 볕 속 따스한 기운이 한 올씩 풀리는 날

옹기 분盆에 여린 초록이
쉰둥이 모양 반갑구나.

물도 바람도 없는 곳
얼굴 처박고
모진 세월 이겨낸
네 겨울 사연이 궁금하다.

십이 억 광년 달려온 별빛도 어깨를 두드린다.
쓰나미 따라온 광풍도 숨죽이고 힘내라고 귀엣말을 한다.

캄캄한 우물
굳게 뭉친 아픔의 뿌리에서

길어 올린 푸른 생명수
붉은 화관 되어
정수리에 반짝이는

늑대와
풍란

변산에서 온
풍란에 물을 주는데
늑대 한 마리가 다가왔다.

늑대는 갈기를 세우고
으르렁거린다.
눈에서 불이 돋다.

십리 밖에서도 자취를 아는
예민한 후각
바람 한 올도 놓치지 않는
쫑긋거리는 귀
늑대는
한 때 별을 보고 스스로 고독한 감탄사를 토할 줄 아는
각성한 자아였다.

야생의 언어를 지닌 늑대를
개량화하여 내 그늘에 가두려고 하는 것은
부질없는 욕망이다.
청맹과니가
무지개를 보려하는
어리석음이다.

풍란에서 손길이 멀어지자
늑대가 부스스 일어난다.
눈이 반짝 빛난다.

난蘭 대궁이 기지개를 켠다.

가야금산조

- 함 동정월

소리를 들을 줄 아는 자는
마땅히 큰절을 해야 하리라.

음琴의 측천무후

머리채 풀어헤치고
관 속에서 걸어 나와
현絃 위에서
전생前生을 들려준다.

소리의 말발굽은
바람에 사운대는
능수버들 고운 봄길을 어우르다가
순간
기러기발을 밟고

힘차게 벼랑 위로 솟구쳐 오른다.

오르다가 오르다가
따— 아— ㅇ
소리는 끈을 놓아버리고
아득히 무간지옥無間地獄의 진양조로
낙하한다.
극락에서 나락까지

종자기鍾子期 가자
백아伯牙는 절현絶絃했다는데
백아 가시자
종자기, 절음絶音은 할 수 없어
소리의 기둥만 쓰다듬는다.

길을 지우고
길을 열고 간
소리의 측천무후

파문 波文

대처 나간 아들 오면 잡아주마 하고 여든 넘은 노모
께서 읍내 나가 약병아리로 두 마리를 사왔는데, 한 마
리는 난생 불구라 다리를 절룩거리며 다니다가 들고양
이가 일찌감치 낚아채갔고, 한 마리는 닭장을 빠져나가
잔디밭이며 도랑에서 지렁이와 땅강아지랑 노느라 인
공의 사료에는 애당초 관심도 없이 자유를 만끽하며 이
른 아침 달개비에 내린 이슬방울도 쪼고, 마당을 날아
다니는 방아깨비도 쫓느라고 엉덩이를 씰룩거리며 오
가는 이한테 웃음꽃을 선사하기도 하였는데, 그녀가 문
득 사라졌습니다.

어머니 얼굴에 구름이 끼고, 나는 이리저리 찾아다니
다가 한참 만에 단풍이 노릿노릿 내려앉은 골담초 풀숲
에서 붉고도 누런 그녀의 깃털 몇 점을 찾아냈습니다.
풍문으로 떠돌던 살쾡이가 왔나, 집으로 돌다리 건너
올 제 마주친 눈빛 서늘한 검은 고양이가 데려갔나, 어

떤 놈일까 부아가 나서 곰곰 생각해보다가 그녀를 데려
간 그놈이, 내보다 그놈이 더 궁굽한 처지일 거라 생각
을 하니 그래도 맘이 조금은 눅눅해지다가도 마지막으
로 머물렀던, 그녀가 가끔 낮잠을 즐기기도 하던 골담초
풀숲과 그녀가 안간힘을 쓰며 발버둥이 치던 그 허공의
그림자를 생각해보니 딴에는 가슴에 물무늬가 먹물 번
지듯 합니다.

산울림길
플라타너스

학생들을
제대로 이해하고 사랑하게 된 건
내 아이가
내가 가르치는 아이들과 같은 나이가 되었을 때였다.

부끄러워라
삶은 관념이 아니라 현실이란 걸
깨닫는데
이토록 긴 시간이 필요하다니
신은 우리가 풀어야 할 숙제를 이 세상 곳곳에
숨겨두었다.

어려워라
내가 가르친 아이들이 이 사실을 깨닫게 되는데
몇 년이 걸릴까.

학생들한테 그 비밀을 일러주고 싶지만
저 높은 곳에 계신 분이 그들에게 남긴 과제를
내가 대신 풀어줄 수는 없어

그건 하늘과 아이들의 일을 방해하는 거라고
학교 가는 산울림길 플라타너스가
바람결에 어깨를 두드려주네.

고갈비

　고갈비 먹으러 항구도시 부산으로 갑니다. 왁자지껄한 광복동 노점 좌판 앞치마 기름때 묻은 아지매들 만나러 갑니다. 연탄 화덕이 얼굴을 곱게 화장하고, 해풍에 꾸덕꾸덕해진 고갈비가 석쇠 틈에 몸을 얹고 올라오시면 나는 잠시 경건해집니다. 그냥 먹으면 고갈비에 대한 예의가 아닙니다. 고갈비는 내게 보시를 하고 나 역시 고갈비에게 기회를 주는 시혜자임에 그 아름다운 인연에 잠시 기도를 합니다. 고갈비가 노릇한 기름을 흘리며 고운 자태를 보일 제면 타자와 나의 경계가 서서히 무너집니다. 아지매의 거무튀튀한 손이 검댕이 묻은 석쇠를 아스팔트 위에 턱턱 털어 귀하신 몸을 내 앞에 내놓으면 나는 거의 황홀하여 까무러칩니다. 고갈비 살이 식초 친 시큼한 간장에 잠시 목욕을 하고, 곁따라 투명한 광기 한 모금 목구멍을 짜르르 타고 들어와 물아일체가 되면 나는 한 걸음 두 걸음 뭍을 떠납니다. 이윽고 먼

심해를 여행하고 돌아온 내가 화덕에 오르고 고갈비가
자리에 앉아 나를 먹습니다.

*고갈비: 고등어 갈비

배추전

비 오는 날은 맑은 조갯국에 안동소주도 좋지만 막걸리에 배추전을 부쳐야 제격입니다. 배추전도 먹느냐는 사람도 있지만 그런 사람은 비 오는 날을 피상적으로 느끼는 사람입니다. 맑은 날도 좋지만 비 오는 날의 배추전 맛은 오직 이심전심以心傳心이요, 심심상인心心相印입니다. 손바닥만한 배춧잎을 두어 장 얹어 밀가루를 묽게 풀어 옷을 입히면 하늘이 울고 드디어 비가 내립니다. 배추전을 먹으며 나는 옛집으로 갑니다. 푸르고 노릿노릿한 배춧잎 속살을 아스슥 입에 베물면 빗방울 방울방울 가슴으로 파고들어 고향산천이 자리를 펴고, 아버지와 친지들과 벗들이 다가와 앉습니다.

옥수수

검둥개가 부연 달빛을 컹컹 물어뜯었다.

여뀌와 쑥과 몸 섞은 마른 풀이 매캐하게 머리를 풀고
모기들을 귀양 보내고

할머닌 멍석에 누워 더위 식히던 배앓이 하는 소년의
여린 배를 가끔 삼베 홑이불로 가려주었다.

옆구리 불룩하게 거총하고 밭두둑 지키고 있던 군병은
탄창에 수염이 거뭇해지자 집으로 내려와, 가마솥에 가서
배고픈 여름밤에게 안부를 물었다.

별들이 할머니 이야기 자락에 귀 기울이다가 하나씩 둘씩
하품하며 돌아가고

할머니도 멍석도 먼 길 떠나 돌아오지 않은지 오래

도곡 시장 맞은편 노점에서 누런 이 드러내고 웃으
며 손님을
기다리고 있던 너를 다시 만났다 태양이 긴 혓바닥
드러내서
아스팔트를 핥던 늦여름 오후

가을

늙지도 않고
또 찾아왔구나
구절초 창백한 입술 우에

조계사에서
뒤를 한 번
돌아보다

부처님 말씀 들으러 가다가
아내랑 싸우다.

아내는 삐쳐서 돌아가고
나만 홀로
조계사 대웅전 앞마당에서
늙은 느티나무와 함께 서서
법문을 듣는다.

부처님은 비우라 하시는데
나는 버릴 게 너무 많아
무엇부터 버려야 할지 모른다.

부처님은 발밑에 사랑이 있다 하시는데
나는 허리에 병이 깊어

몸을 낮출 수가 없다.

꽃봉오리로 와
두 아이 낳아 옥같이 키우고
철없는 남편, 어머니처럼 보살피느라
매실장아찌처럼 늙어가는 아내여.

어디선가
소슬한 바람이 불어와
가슴에 드리운 무명無明의 구름장 비질하니
당신과 나 둘 아닌 하나인 게 언뜻 보이는구려.

구절초

고추잠자리 한 쌍
못물 위를 난다
한 몸 되어

극락이 어딘지
지옥이 어딘지 몰라도

물거울 그림자에
꽃이 핀다, 씽씽

겨울
가야산

눈과 얼음이 낸 길
나무들이 찬 기운 이겨내려 어깨동무하고 무리지어
서 있고
숨겨왔던 아픔 같은 것들
바위로 굳은 어깨를 세우다
눈빛을 가리던 초록의 감상感傷
모두 털어낸 설한雪寒의 아침
멀리 있던 산들이 불현듯 가깝게 다가온다
살펴보면 어둠에도 조금씩 차이가 있고
겨울 산들도
제각기 옷 색깔이 다르다
가까이 있는 것은 모두 흰빛과 검은빛뿐이고
멀리 있는 것일수록 밝고 푸른 옥빛이다
가리고 있는 것을 벗고 보면
본디 것이 드러나듯

겨울 산에 오르니
가지고 있는 슬픔이나 기쁨 같은 것들
저마다 부끄러움을 드러낸다
지키고 가릴수록 멀어지고
지닌 것 버릴수록 멀리 있다가
다가오는 겨울 산을 바라보며
세상에 존재하는 길은 내게서 나왔으나
내가 막았고
내가 또 그 길을 열 수 있으니
행과 불행은
한집에서 살고 있음을 알 수 있겠다
가진 것들 버려서
멀리 있는 산들과 말씀 나누는
겨울 가야산에서
눈과 얼음으로 된 무명無明의 길을

한 걸음 걷고, 지우고
지우고 또 한 걸음
밝은 세상 부르며 걸어 나간다

김치찌개

성근 눈발이 듣자 참새 멧새들 처마 지붕 아래 추녀 끝으로 깃들고, 아부지는 오시지 않는다. 대나무밭은 눈발을 맞아 간지러운지 몸부림을 치는데 장보러 가신 아부지는 오시지 않는다. 개 짖는 소리만 앞산 절벽을 때려 컹컹 마을로 돌아온다. 먹물을 풀어 놓은 어둠은 가슴에 걱정으로 똬리를 틀고, 누이와 어메와 나는 돼지고기 없는 김치찌개를 코 박고 먹는다. 비계 붙은 돼지고기 한 근만 넣으면 찌개가 눈 속에서 활짝 웃을 텐데 아부지는 오시지 않는다. 장꾼들 두런두런 자취 눈 밟으며 돌아들 오고, 돌아왔던 장꾼들 흰옷 입고 떠나들 갔다. 아, 아부지가 돌아오시면 김치찌개를 코 박고 먹고, 누이들과 윷이라도 한판 놀 텐데, 나는 기다림에 지쳐 푸줏간에 가서 돼지고기 한 근 끊지 않고, 마트에 가서 스티로폼에 몸담고 있는 돼지고기를 산다. 눈도 오지 않는, 오자마자 녹아버려 질척거리는 아스팔트길을 걸어 아비를 기다리지도 않고, 신사임당이 단정하게 앉아 있는 그림종이에 꾸벅 고개를 숙이는 가족들한테 달빛도 없이 간다.

라디오

갑사댕기 드리우고 그네를 잘 뛰는 누이는 초경을 하고 나선 까닭 없이 자주 눈시울 붉히고 먼 산만 바라봤죠. 한숨만 폭폭 쉬었죠. 먹물 같이 검은 밤이 마을을 수묵화 한 폭으로 물들일 즈음이면 누이는 마실갔다가 이슥하여 문고리 조심스레 잡고 몰래몰래 돌아왔지요. 누구일까. 누구일까. 추운 밤 부엉이 소리는 가슴 졸이게 하고, 하늘은 숨결 놓아 초가지붕 서리로 온통 새하얬지요. 누구일까. 누구일까. 엄니는 누이의 그림자 좇아 까치발 디디며 어둠 속 먹물이 되고, 설움이 되고, 뉘 집 안방인가 사랑에선 목청 좋은 그 남자 구성지게 누이의 귓바퀴를 어루만졌죠. 누구일까. 누구일까. 그 남자 소리도 잘하고, 이야기판도 잘 벌였죠.

개밥바라기 눈빛 초롱초롱하면 누이는 홀린 듯 마실을 가고, 엄니는 그 뒤를 좇아 수묵화 풍경이 되고, 어둠이 되고, 그런 다음날 아침이면 누이도 엄니도 볼에 붉은 등불 켜고 괜스레 빙그레 웃곤 하였죠.

촛불

　나름이겠지만 저 정도라면 건들장마 모양 변덕스런 사내라도 내처 돌아다니지 않고 온전히 마음 붙이고 조강지처 옆에 퍼질러 앉을 수밖에 없을 거야. 엄동설한 꽁꽁 언 방에서도 자세 흩트리지 않고 수놓는 여인에게는 이미 시간이나 공간조차도 어쩔 수 없는 게야. 건 그냥 배경인 게야. 옹골진 마음 쨍한 겨울 하늘 미끄럼질하는 기러기 눈발 즐기듯 기다림의 아픔도 이미 즐거움인 게야. 시월 보름 동안거 드는 날 장작 몇 짐만 때어주면 정월 보름 해제 되는 날까지 그 훈훈한 열기가 식지 않는다던 저 지리산 칠불암 아자방亞字房 불기운 어딜 가겠나. 없는 것 가운데 기운 있고, 있는 것 가운데 없기도 한, 애오라지 가다보면 벼랑 끝에 길이 열리고, 허공에도 잡을 게 생기는 게야. 이미 몸 안의 기운으로 스스로 방광放光하여 내남없이 두루 밝혀 무어라 이름 지어 붙일 수 없는 오롯한 일체가 되어버린 게야.

─ 발문 ─

참 괜찮은
그리움의 시

김영춘(시인)

조성순의 모든 시편에는 어김없이 그리움의 강이 흘러간다. 알 수 없는 저 먼 곳으로부터 우리들이 살아가는 이웃마을까지 나지막한 물소리를 내면서 휘어져간다. '끝도 없이 이어지는 그리움이로군~!' 이런 생각을 하면서 그의 강을 졸졸 따라가다 보면, 행여 누가 알아챌까 봐 스스로 봉오리를 작게 피워 낸 꽃무더기와, '살아오는 동안 힘겨웠지만 아팠다고 말하고 싶지는 않아~' 낮게 깔린 채 뇌까리고 있는 풀포기들과, 아무것이나 덥석 삼켜버리지 못하고 여기저기를 둘러보며 거슬러 오르는 정신이 맑은 물고기 떼들을 만나게 된다. 이들은 모두 그의 강가에서 오랫동안 노닐어온 벗들이다. 그들이 어울려 함께 지내는 모습은 당연히 아프도록 아름다운 풍경을 이룬다. 참 괜찮은 그리움이라는 생각이 자꾸 밀려온다.

그의 시에 있어서 핵심정서인 그리움의 시간은 상실의 시대를 배경으로 이루어진다. 원래 삶이란 생명 그자체로서 무엇인가를 움켜쥐다가 하나씩 잃어버리는 과정을 밟아가는 것이긴 하지만, 우리의 근현대사는 이러한 본질적 의미의 상실을 넘어서는 잔인성을 가지고 있다. 언제든지 예고 없이 달려들어 아무것이나 빼앗아버리고 내팽개치던 시간을 말없이 견뎌내다가 홀연 떠나버린 사람들이 그의 삶의 근원에 존재했기 때문이었으리라.

1908년 무신년戊申年 동짓달 초닷새, 감나무가 많은 첩첩 두메에 한 사내아이가 나다.

1923년 세는 나이 열여섯, 순흥 배다리에서 오얏꽃 같은 색시와 청사초롱을 밝히다.

　1929년 인생에 주춧돌을 놓다. 큰아 태어나다.
　(중략)
　1951년 농림고보 나온 막내아우로 인하여 계수씨는 감옥에
가고, 조카 진국과 진원, 질녀 정자가 서울에서 장호원을 거쳐
찬샘골로 찾아오다. 진국이 열한 살, 진원이 여덟 살, 정자가 다
섯 살이다. 무명실로 주소를 바느질한 윗도리를 걸치고 육백리
길을 걸어오다.

　1953년 막내아우가 행방불명되다.

　1965년 시집간 딸년이 산후통으로 가다. 큰아가 슬피 울며 대
숲에 가서 피를 토하다.

　1967년 정미년丁未年 시월, 대들보 무너지다. 가슴앓이 하던
큰아가 세상을 뜨다.

2007년 정해년丁亥年 동짓달, 생일을 사흘 앞두고 고락苦樂을
함께해 온 물건과 작별하다. 염할 때, 고무 밴드로 묶은 비닐에
주민등록증과 사만 원 남기다.

- 「목침木枕」 중에서

세월을 견디며 살아오던 사람들이 사라져가면서 이
제는 만나기도 힘들게 되어버린 나무베개 '목침'이다.
자신을 키워 낸 할아버지의 한 생애와 자신의 그리움을
상징적으로 잘 담아 낸 시다. 나무의 덩어리를 아주 단
순하게 다듬어놓은 것이니 부서질 리도 없다. 몇 십 년
을 베어도 아니 한 생애를 베고 누워있어도 변함없을 물
건이다. 무겁고 딱딱하니 넉넉하고 편한 잠을 분명 허락
하지 않았으리라. 편한 잠도 잘 수 없는 나무 베개를 베
고 그 분은 어떻게 한 생애를 지켜올 수 있었을까. 세월
속에서 사람의 손때가 묻어 반질반질 윤이 나게 되고 드
디어 주인의 체취까지 스며들고 만 나무 베개를 통해 시
인은 자신이 키워온 그리움의 근원을 더듬어 가고 있다.
조부의 삶을 연대기 형식으로 적어나감으로써 자신

이 안고 살아온 그리움의 상처를 슬그머니 드러내고 있는 시 '목침'을 읽어나가다 보면 우리는 그의 그리움이 단순한 개인의 정서에 머무르고 있는 게 아니라는 사실을 깨닫게 된다. 군대에서 얻어온 폐결핵으로 세상을 떠난 큰아들을 가슴에 묻고, 아비를 잃은 손자를 키우는 동안 북으로 갔을 막내아우를 잊지 못하다가 떠나갔을 노인의 한 생애 안에서 조성순의 그리움은 시도 때도 없이 아버지의 얼굴을 하고 '감나무를 통해 걸어 나오는' 것이다.

감꽃 속에서 아버지는 삼십 년을 누워 계십니다.

내가 낳은 아이들 어느덧 아홉 살 일곱 살 터울 좋게 자라 감꽃을 목에 걸고 늙은 감나무 무릎에 앉아도 보고, 아득히 떨어지는 감꽃별을 얼굴에 맞아보기도 합니다.

─ 쉬이, 조심해라. 할아버지 다치실라.
─ 아빤, 거짓말쟁이. 할아버지가 감꽃 속에 누워계신대.

깔깔거리는 아이들 잇몸에서 노오란 감꽃이 피어오릅니다.

그러나 아이들이 저만치 사라지자 어느새 아버지는 감꽃 속
에서 나와 무명실 그득 감꽃별을 꿰어 내 목에 걸어주십니다.
- 「감꽃」 중에서

열 살 남짓한 아들을 할아버지 곁에 남기고 떠났을
아이의 아버지는 해마다 감꽃이 피면 세상 밖으로 걸어
나와 아들의 목에 감꽃 목걸이를 걸어준다. 시인이 낳
은 아이들은 잇몸을 드러내며 두 사람의 그리움에 생기
를 불어 넣어주면서 과거로부터 시작된 인간의 그리움
이 이 세상 어디까지 사연을 이어갈 수 있는 것인지를
아니면 어떻게 끊어질 수 있는 것인지를 아슬아슬하게
보여주고 있다.

비 오는 날
짜장 향기 따라 아버지 오십니다.
가만가만 오셔서 내 온 몸을 어루만지고

글썽이는 햇발처럼

울먹울먹 가십니다.

- 「짜장면」 중에서

짜장면을 사달라고 조르는 어린것의 투정을 보리타
작이 끝나면 사주겠노라고 달랬었는데 그 약속을 못 이
루고 떠나신 아버지. 이만큼에 오면 그의 그리움은 드
디어 아버지를 넘어 '비 오는 날의 짜장면'을 향해 달려
가기도 하고 '글썽이는 햇빛을 끌어안기도 하며 '울먹울
먹 울음을 참아내는 어린것'의 가슴 언저리에까지 이르
기도 하는 것이다.

90년 초쯤 해서 씌어졌을 아래의 시 '해직일기'도 흘
러 간 세월 속에 놓고 보니 몇 곱절이나 더 좋다. 나도 모
르게 가슴 어디 한 켠이 뭉클 뭉치면서 인간의 물기 같
은 것이 기다란 선을 그리며 번져 지나간다. 벌써 조성
순의 그리움이 내 몸을 파고 들었다는 말인가? 하고 애
써 웃어보다가 우연과 필연이 뒤섞인 그와 나의 첫 만남
을 떠올리게 된다.

그의 좋은 시 '목침'을 흉내 낸다면 '1977년 대구 어느 입시학원 복도에서 담배를 피우다가 마주친 우리는 만난 지 이삼 일만에 자작시 두 편을 서로 주고받았다.'로 서술해야 할 것 같다. 공부는 해야 했지만 영 재미가 없어서 무료하기 짝이 없던 우리는 담배를 피우다가 눈이 맞았을 것이고, 진로를 서로 묻다가 국문과에 가서 시를 쓰겠다고 쓸쓸한 척 우쭐댔을 것이다. 재수생들의 뒷날이야 뻔한 것이어서 내가 학원을 그만두면서 우리는 서로 헤어지고 말았다. 내가 저에게 잊혀졌듯이 나도 저를 잊고 그렇게 말이다. 그 후 나는 익산으로 대학을 와서 지금의 안도현, 이정하 등과 함께 이야기하고 술 마시고 시를 쓰고 지내던 참이었는데 어느 날 대구에서 그 친구들의 대건고 문예반 선배가 술 한 잔 하려고 찾아왔다는 것이고, 세상에~! 우리는 그렇게 감격스러운 해후를 하게 된다.

그러던 우리의 인연이 다시 이어지게 되는 것은, 1990년 교사문인들로 이루어진 교육문예창작회 연수 모임에서였다. 여전히 천진한 소년의 얼굴을 하고 호탕한 청년의 목소리를 지닌 채 살고 있었다. 그때 우리는 해직 교사로서 거리의 교사 역할을 하고 있었고, 그는 교육문 예창작회의 전국 실무를 책임지는 일을 맡고 있었다. 참 반가웠다. 그리고 이미 우리는 만나자 말자 서로 동지였 다. 전국을 순회하면서 지역의 시인들과 시낭송회를 갖 고 공권력의 탄압에 상처 입은 선생님들의 마음을 하나 로 묶어나갔다. 작품집을 발간하고 올바른 글쓰기에 대 하여 선생님들과 생각을 나누고 토론하였다.

언 강 건너온
어린 별들이 지붕 위에 와서 울었다.
삶은 지난至難한 항해
나도 그 별들 보고 울었다.
(중략)
오늘 밤
언 강 건너온
어린 별들이 지붕 위에 와서 울었다
나도 그 별들 보고 안녕하냐, 묻고 울었다.

　그때 우리는 젊었고 괜찮은 꿈을 꾸고 살았다. '아이
들을 어떻게든 사람처럼 살게 해줄 수 없을까. 교육을
통해 세상을 바로잡을 수는 없을까. 자신의 삶을 적어
나가는 글쓰기를 가르칠 수 없을까' 하는 꿈들을. 세상
은 그렇게 하지 않으면 안될 만큼 절망적이었고 많은 사
람들이 우리에게 그 일을 해달라는 소망을 갖고 있다고
믿었다. 사람들은 우리를 좋아했고 아이들은 우리를 사
랑했다. 하지만 어떤 날은 지치기도 했고 토론을 하다
가 서로에게 상처를 남기기도 했다. 곤궁해져서 가족들
에게 얼굴을 들 수가 없을 때도 있었다. 그런 날 우리는
집에 돌아와 누워 교실에 두고 온 아이들을 떠올리며 그
시절을 이겨 나갔다. 그리고 아이들은 이런 우리를 바라
보며 힘내시라며 늘 목이 메었다. 아이들은 우리를 보고
울고 우리는 아이를 보고 울었다. 벌써 30여년이 흘러갔
지만 그의 시 '해직일기'는 우리에게 한 시인의 그리움이
얼마나 높은 곳에서 공동체를 이루며 모두의 그리움으

로 빛날 수 있는 것인지를 잘 보여주고 있다.

이렇듯 시인의 그리움이 세상을 바라보는 높은 곳에
서 공동체의 간절한 소망과 함께 빛날 때 그리움은 우리
가 살고 있는 곳에 사랑이라는 이름으로 몸을 바꾸어 뚜
벅뚜벅 걸어오게 된다.

종로 오가
비 오는 날
허름한 처진 어깨 드리우고 잔치국수 걸어 넣는 저 사람
집에는 누란 여자와 아이가 기다리고 있을 것이다.

늦은 밤
일 마치고 포장마차에서 국수 한 그릇 말아 먹을 때면
퀭한 눈빛으로
그 여자, 누란 여자가 온다.
어린새끼 손 붙잡고

애초부터 먹는 것은 종교였다.

거룩하였다.

- 「국수」 중에서

시인은 종로 5가 국수집에서 밤늦게 국수 한 그릇을
말아 먹으며 서역의 작은 나라 누란에서 먼 길 떠난 남
편을 기다리다가 아이와 함께 죽음을 맞이한 한 여자를
떠올리고 있다. 흉년의 굶주림을 이기지 못한 채 세상
을 떠난 그녀의 품안에는 내년에 심을 씨앗이 안겨 있
었다는. 사랑과 기다림과 죽음과 희망을 연결하며 세상
을 가로지르는 국수 한 그릇의 거룩함. 참으로 눈물을
몰고 올만큼 가슴이 저릿해져온다. 드디어 그의 거룩
한 시 한편이 고단한 사람의 마을에 쓸쓸하게 내려 앉
는 순간이다.

당신을 생각하며, 아득한 당신과 나 사이를 생각하며
이제 막 여린 손을 내미는 서어나무 나뭇잎을 봅니다.
세상의 많은 것들은 피었다 지는데

당신과 나 사이는 피기도 전에 떨어진 나뭇잎 같아
눈부신 연둣빛 신록에 내 몸과 마음을 숨깁니다.
잡으려고 다가가면 도망가고
망설망설하면 그림자 길게 늘이고 기다리는
당신은
나는

서어나무는
모진 해풍을 맞아 몸부림치며 제 몸을 벼랑 끝에 붙이고
다른 서어나무들과 손잡고 삽니다.
서어나무도 밤이 오면
외로워 별을 기다리겠지요.
추위에 떨며 눈물을 삼키겠지요.
허나, 서어나무는 설음을 끌어올려 봄을 만듭니다.
고추바람을 맞아 꽃을 피웁니다.

- 「관계」 중에서

조성순의 그리움의 강가를 따라서 걷다보니 어느새

그리움의 날은 저물고 조촐한 아침을 준비하는 사랑의 들녘에 서고 말았다. 끝내 시와 함께 하는 삶을 이룬 내 오랜 벗의 시가 제대로 늙어가기를 바라면서 세상의 사람들에게 그의 가장 평화롭고 맑은 시 한 대목을 읽어 드린다.

'서어나무도 밤이 오면 외로워 별을 기다리겠지요. 눈물을 삼키겠지요. 서어나무는 설움을 끌어 올려 봄을 만듭니다. 꽃을 피웁니다.'